666
郵政櫃台
的
秋天
許赫
郵政儲金
金融卡
FISCARD
666
107年11月11日
66

目錄

【推薦序】

眾生連環圖，萬物浮世繪

◎李長青

或許（也不用或許了。根本就是——）許赫今日詩風的關鍵字，是「告別好詩」此四字；但我心目中，那位《在城市，沒有人赴約的晚上》時期的張仰賢，十足是有能力與才情寫出（並已寫下了）所謂「好詩」的詩人。這實也呼應了「告別」的真義：若不曾經歷，或真的擁有，怎能稱為告別？就像沒交往過的情人怎能稱為分手。

關於告別好詩，許赫曾以這段話明志：「詩也可以有聖俗之分，有追求藝術價值的詩，就是現在說的：一首好詩，一首文學價值很高的詩。那麼也可以有普通的詩，寫給親朋好友看的詩，寫來表達今天發生什麼鳥事的詩，這些應該也要是詩，而非『分行的文字』。」換句話說，許赫「告別好詩」，就是要告別那些過於講究象徵、技巧的詩，告別那些總愛隔空位移的文字煙花與意象魔術，告別那些菁英式的語調與措詞，而選擇採取一種直面生活的真實觀點，以簡易、短小、直說的詩行，道出他「想說」、認為「值得說」的事。

許赫告別好詩如此詩風的初次集大成應是《原來女孩不想嫁給阿北》這本詩集，這是一冊妙不可言、讓人由衷喜愛並讚嘆的「普世大書」，不但適合各類型讀者親近，還能啟發人心，反省人性，重新審視自身遭遇好壞，而獲得宗教般重生的力量，不誇張，真是一本神奇的詩集。

《原來女孩不想嫁給阿北》來自文學又超脫文學，源自生活而就如實陷溺在生活的無底洞裡了，我一讀再讀愛不釋手，內心澎湃洶湧，一度很想仿效許赫，開始寫這樣的詩，好釋放、救贖一下自己。記得我也曾在臉書公開推薦《原來女孩不想嫁給阿北》，我認為台灣詩壇，甚至世界詩壇都應該重視許赫所主張並且已寫出來的這批詩，它們真的，可以讓人們，活得更真，更誠實，更輕鬆自在。《原來女孩不想嫁給阿北》就像一篇獨立宣言，勇敢說出了「原來詩不想嫁給聖人」的心聲，《原來女孩不想嫁給阿北》似乎是要頒給世人，一座「文學你不要再這樣糾結了」的告示牌，而且，斟酌看，會發現那還是一塊曼妙輕盈的保麗龍板；從形式到內容，整個身體力行。

依此寫作脈絡，繼續告別好詩，繼續做自己的許赫，後來推出《囚徒劇團》，應該算是《原來女孩不想嫁給阿北》的進階版了。《囚徒劇團》的敘事性、故事性、普遍性與生活性都更自然也更無痕了，相同的精神則是：直面生活，直抒胸臆的態度。從二〇一二年底算起，告別好詩的許赫就一直致力於，讓詩與生活成為「同一件事」，別讓詩（只）是詩，而生活仍是生活，兩者無關，兩不相顧；這正如沈眠刊載於聯合報的書評〈普通的魔術師〉，專談《囚徒劇團》時所說的：「詩人也是一種角色扮演，詩人身分底下必然有另一種真實人生。而哪一個才是第一人生，哪一個又排第二呢？」「我以為，許赫詩歌有著真誠追問：詩歌到底是不是，能不能，就是生活的本身？」此為最佳註解。

從鴻鴻曾對許赫這些告別好詩的評價：「後來讀他的詩，越被他的現實敏銳度所吸引、被他在困頓人世中的自嘲寬解所感動。他的『告別好詩』也是一種吆喝，召喚大家把注意力從技藝轉向內容，看似叛逆魯莽，實則成竹在胸。許赫自己深諳大巧若拙之道，雖力爭下游，卻得以暢泳江湖。」以及李屏瑤對許赫這些富有生活味道的詩的觀察：「以前許赫寫詩，也覺得是寫給詩人、寫給懂得的讀者看；而今，則像是寫給朋友看的，每天寫一首詩之後，會有很多人留言或寫信給他，跟他討論，這些詩成為跟朋友之間的交流，不再只是按讚或已讀不回。」許赫告別好詩的發想與實踐，應是成功的。

顯而易見，許赫的詩學主張，以及詩寫實踐，就是在生活裡，在活生生的日子裡，每一天，每個時刻，感覺，感受，感應，感動，感通，感想很多，感時花濺淚，或埋怨，而且是直接埋怨，或諷刺，而且是直接諷刺。這相當符合沈眠〈普通的魔術師〉裡所觀察與敘及的許赫，是「凝視與思維日常，觀察和記錄生活，也就形塑出許赫詩歌獨特的位置。他把自己當作普通人那樣寫，便寫出普遍性，寫出普通人的生存處境。大部分人寫詩是把自己當作詩人那樣寫，不管是意象技術高超，又或者是流行通俗如情歌，都夾帶某種必須成為詩、作為詩人的知覺。唯許赫反其道而行，他不要像是個詩人那樣寫詩——」。

這不就是許赫自己預期，而且已經做到的嗎：「我認為詩是一種表達的形式，詩可以承載任何的內容，內容是真實給人感受的，詩這個形式只是載體。所以詩可以只把想要表達的內容寫出來，但是不需要關心藝術或者文學成就。」於是，台灣現代詩壇終於迎來了這本《郵政櫃台的秋天》。

至於為何不是銀行櫃台、百貨公司櫃台、遊樂園櫃台或通訊行櫃台？為何不是夏天或冬天？這些提問，都可以有不同答案，也可以沒有答案。

《郵政櫃台的秋天》除了繼續告別好詩，繼續直觀述說所見所聞所想所慨之外，也更往故事與小說靠攏了，這是《郵政櫃台的秋天》最大的特色。

君不見，《郵政櫃台的秋天》四輯：「街譚」、「巷議」、「神話」與「聽說」，都與「事」相關。事從何來？人也。有人的地方，就有事；有人的地方，就很有事；好事，歹事，故事，妙事，韻事，軼事，時事，大事小事，家事國事天下事，虛構或真人真事等，都是人所糾集，都是生活即景。事之成事，本無好壞，卻因人的言、行、心、性等人為因素，遂有了差別。

特別的是，無論日常生活中自己的或他人的故事，或田調所採錄的奇聞趣事，甚至是許赫自己幻想的科幻與神話故事，都以一種「煞有介事」又「若無其事」的口吻，娓娓道出，而且是以分行的方式。可以這麼說，《郵政櫃台的秋天》是許赫用詩的形式，寫的小說故事集。

因此，《郵政櫃台的秋天》是詩，也不是詩，是小說，也不是小說。

那麼，《郵政櫃台的秋天》究竟是什麼？

以形式來說，《郵政櫃台的秋天》是詩；從內容來看，《郵政櫃台的秋天》是小說。因此，將《郵政櫃台的秋天》當成詩來讀的話，它是小說詩；把《郵政櫃台的秋天》視為小說的時候，它是詩小說。唯《郵政櫃台的秋天》「扮演」詩小說時，指的不是語言詩化的小說，而是敘述方式採詩句分行的小說。

問題來了，既然《郵政櫃台的秋天》最大的特色是故事性，是（詩的）小說化與小說特質，那還能繼續告別好詩嗎？

我認為許赫做到了。讀者自可從這冊詩集裡，通透直述的語言，以及一種直面生活的態度，在一組一組簡短的詩行中讀到許赫「想說」、認為「值得說」的各種故事。這種不會讓人產生隔閡的表達策略，採用的依然是告別好詩非菁英式的筆法路數，依然是告別好詩（與讀者）溝通無礙的書寫方式；此外，《郵政櫃台的秋天》四輯內容，無論街譚巷議或神話聽說，也都含括了不少「現實」元素，例如各式人物、角色、職業、食材、料理、動物、生肖、場所、事件等，甚至土地公與法主公，這些現實的題材在許赫筆下各具聲色，各擁表情，各展性格，是一格又一格眾生百姓的連環圖，也是一幅又一幅人神萬物的浮世繪。

【推薦序】

該是告別碎唸的時候：獻給「告別好詩」的勸世文

◎沈嘉悅

先說結論，我認為「告別好詩」已經走到盡頭了。許赫如果想寫出新哏，恐怕得告別「告別好詩」。

不是憑空「告別好詩」

許赫自稱從二〇一二年開始「告別好詩」，至今（二〇一八）一路走來七年了。但單就詩的內容及風格看來，早已於二〇〇五年自行出版的《診所早晨的晴日寫生》定形。他與當時的主流相左，在一片耽美艱澀的詩風之中堅持直白，寫些「不像詩」的東西。當年許赫的創作風格幾乎等同批判、反抗，這不光落實在詩本身，還包括二〇〇五年參與「玩詩合作社」把詩「物件化」的行為，都反映他對詩的中心思想；詩，是可以用的。

詩人早有同溫層，互相取暖非難事。但人類學背景，不光在意「文本」更在意「文壇」的人，簡直是詩人中的異類、小眾中的小眾。二〇〇五年與許赫初識，免不了討論大環境如何影響詩作、美醜價值、好壞標準。諸如一成不變的文學獎與刊物，對廣大讀者缺乏同理或刺激。我們一拍即合，深知互相取暖不夠，做刊物、自費出版、搞活動，現在看來彷彿都是一種宣示：不要劃地自限。比起被選入經典、被學院肯定獲獎，更不能忽略詩的可能性。詩不是被困在文字裡的模樣，它可以帶來行動、開拓視野、激發想像，所以玩詩合作社時期的夥伴諸多嘗試，不論是裝置展覽、行為藝術、以詩為名開發不同的商品等，試圖與一般讀者取得「共鳴」，而非曲高合寡的刻板詩人。

這些都成為二〇一二年「告別好詩」的養份。我認為這並非頓悟或覺醒的瞬間，許赫已經忍很久了，他終於要走出以「好詩」為名的深櫃，高喊「拎北說這就是詩啦」！

好詩的瓶頸

一般讀者聽到「告別好詩」，可能會忍不住問「什麼是好詩」或

「什麼是詩」。雖然這四個字本身就是個洞，但本文完全沒有要跳進去的意思。身為許赫的讀者與現實生活的友人，只能談「我看到的許赫在幹嘛」，包括他認為的好詩「可能」是什麼。如果「好詩」本身沒問題，為什麼要告別？默默的讀、寫不可以嗎？直到現在還堅持（容我再提醒各位，這一別就是七年，恐怕還會繼續下去），只有這麼在意「好詩」的人，才會如此念念不忘吧？

身為一個寫詩的人，執著「好」詩非常合理。許赫的詩雖然直白，乍看能面向一般讀者，但一路以來都不是個廣受讀者青睞，或被學院重視的詩人。更何況，一味迎合他者標準，也有失創作者的格調。如果創作者被允許多一點任性，又希望獲得認可該怎麼做？或許只要強調任性是一種理性的選擇，是深思熟慮的價值營造，甚至足以重新詮釋好壞標準。這很可能便是「告別好詩」的濫觴，它源自於許赫渴望被重視、討論的創作野心。

許赫詩作幽默諷刺，表面直白單純，其實處處鑿痕，內行的都看得出其斷句與留白的技術高明，簡直是個訓練有素的搞笑藝人。只能說這樣的作品「非主流」，若單以意象及音韻等就認為缺乏詩意、給予負評的人，往往也是陷入「好詩」泥沼之人。他們的瓶頸來自被主流風格綁架、盲目追求特定價值的好詩，反而忽略創作得貼近個性、本質的核心價值。

我認為「告別好詩」不光是許赫的書寫策略，也是一種政治主張。它是自由的象徵，期盼寫作者走出「好詩」的牢籠。諷刺的是，當許赫於二○一六年著手「告別好詩：一萬首詩的旅程」計畫，打算在五年內寫一萬首詩時，也就陷入了被催稿、不得不寫的、失去自由選擇的困境。

這是許赫的瓶頸，更是「告別好詩」的瓶頸。

告別好詩，再成為好詩

我認為告別好詩，其實是另一種對於好詩的追求。除非告別好詩是封筆、用來逃避寫詩的藉口，否則這種「越寫越多」的行為，在我看來不是逃避，是換個方向前進的積極策略。為實現五年寫一萬首詩的計畫，他試圖以多首組詩來完成一首長詩，於是出現重視情節、將敘事段落變得更細碎，一口氣寫「很多首」詩的奇招。例如收錄於本書的作品，幾乎都以20段為一首，各段皆能獨立閱讀，所以加上組合後的長詩，一個主題就能完成21首。雖說這兩年來拖稿有時、朋友代筆（詳參許赫詩集《囚徒劇團》）有時，還是不得不佩服詩人的巧思。「告別好詩體」於焉完成。

如果許赫是個不顧一切偷吃步，也要完成計畫的人，那肯定免不濫竽充數的詩。雖不能說幾近完美，但以良率來說，截至目前（二〇一八年12月）的兩千多首，在我看來完成度出奇得高。就算以組詩的方式「偷吃步」，要在時限內想到那麼多主題也十分困難，它們肯定與許赫的人類學訓練脫不了關係。閱讀這些詩彷彿進入鄉野奇談，穿梭於不同信仰、族群的日常生活，以他們的八卦為養份恣意生長，漸漸成為一首風格獨具、詩一般的民族誌。在《郵政櫃台的秋天》小說詩集第三輯中，甚至命名為「神話」，收錄死神與來自銀河系的科幻故事。仔細想想，這根本不符合「告別好詩」的字面意思；這麼費力、結構完整的詩，能「不好」嗎？

許赫稱其為小說般的詩。這讓人有點擔心，會不會哪天又說自己在「告別小說」？

該是告別碎唸的時候了

差點忘了，這是一篇收錄於《郵政櫃台的秋天》小說詩集的推薦文。身為許赫的忠實讀者，我衷心盼望他能開創新局，不要空有「告別好詩」的口號，更應該用行動實踐之、進化之。雖然他並不直接承認自己寫的詩很好，但也從不迴避演講、文學獎評審等增加「正面評價」的機會。也就是說，許赫只要持續寫詩，就等同往好詩的路上邁進。

既然如此，就把口號化為具體的實踐吧。「告別好詩體」通常採第一人稱，彷彿喝悶酒的阿北不停碎唸。乍聽生猛有力，但持續放送太久難免使人疲乏，左耳進右耳出。我一向喜歡許赫詩裡快速閃動的智慧，但得搭配深層的人文關懷、恰到好處的天馬行空，才能彰顯敘事強度，忍笑忍到內傷的功力啊！

該是承認自己在寫好詩了。也請您不要輕信詩人的片面之詞，以「好詩」的觀點，享受詩人精心營造的閱讀體驗，問問自己到底看了什麼吧！

第一輯　街譚

年菜

1. 榨豬油

家裡從來都用沙拉油
其實蠻困擾的
一下說健康
一下說致癌

現在人少了
本來豬油要
前幾天就榨了備好
現在可以一大早來做

以前我家死鬼

還在的時候
會添碗飯淋醬油
然後抓一大把豬油渣
攪在一起配紹興酒
整個早上動也不動
窩在沙發看日本摔角

2. 十二菜碗

韭菜魷魚豆干
竹筍豬腸
芹菜芋頭
雞翅雞腳
魚丸菜頭

肉片菠菜香腸
米糕芋圓紅豆

五姑是讀書人
心眼特別死
要是五姑還在
每年這個時候
就會打電話來問
12菜碗到底是哪12碗
我說隨便弄12碗

她不相信硬要我
一碗一碗講給她
我每年怎麼隨便弄
就怎麼隨便講給她聽
要她記下來

她到底有沒有記
心眼那麼死的人
怎麼沒發現
每年講的都不一樣
啊現在想想
準是她迷糊慣了
紙片都放忘了

3. 三牲之好柴的豬肉

拜拜的豬肉怎麼做
啊就這樣做啊
要講究的東西太多了
神明只好將就

二伯的兒子
還在的時候
常常問我三嬸
這豬肉怎麼好硬

真的很柴啊我也知道
我就摸摸他的頭說
這是神明要吃的
就是怕像你這樣
貪吃孩子來偷吃
只好交代我煮柴一點
不然他就沒得吃了

4. 三牲之鯧魚

鯧魚現在都好小
像這樣煎起來已經很方便
以前鯧魚可以買到的
比鍋底大根本翻不動
啊這煎起來就好惱人
那時候大伯還在
他人高馬大
手抓了大鯧魚就翻面
好神氣啊
還是我姊姊福氣
嫁給大伯
雖然是我先看到的
哎唷

5. 三牲之拜拜雞

雞好做
這樣講好像罵髒話
真的很好做

倒是搶隻好雞不容易
要很早就跟雞販訂
雞販好討厭很愛卡油
沒辦法那麼大一家
媳婦難做
為了一隻好雞
做點犧牲難免的

好險他生得不討厭

6. 拼盤之烏魚子

烏魚子我都不愛吃
哪吃得起
有錢也不能這樣吃
每年都是四叔帶的
四叔跑船在海外闖
他還在的時候
會帶烏魚子鮑魚回來
還準備了松木要燒了炭烤

烏魚子我都不愛吃
哪裡好吃
四叔還在的時候
說得一口好菜
烏魚子怎麼烤怎麼切
可講究了

但都是我在做
他躲在邊廳打麻將
就光會喊烤好了沒

7. 拼盤之牛肚

之前在家裡的時候
媽媽滷牛肚的做法很簡單
簡單到
不好吃

所以二伯說要吃
我就覺得幹嘛要吃
那麼難吃的東西

後來二伯娶了二嬸回來
二嬸是來路不明
卻又猜得到的那種人
很會燒菜

二伯二嬸
還在的時候
做的才是真的滷牛肚
現在這買現成的
從來沒買過像她弄得那麼好吃的

8. 拼盤之醉雞

放了紹興酒的醉雞

我會先做了冰起來
吃涼涼的
酒味不會太散開
很甘甜
二伯的女兒
還在的時候不喜歡
嚐一口就說好苦
我聽了有受傷
後來嫁得很好
忘記哪一年
回來跟我學做菜
特地要學醉雞
我就笑她以前還嫌苦
現在有尪苦也變甜了

9. 車輪牌鮑魚

四叔還在的時候
帶鮑魚回來
交代年夜飯才開罐切片
是哪裡好吃
有一次我煮了糖醋羹淋上去
四叔大喊可惜
整晚我都給他臉色看
後來懂得央我家死鬼來說情
我走過去用力的
給他的頭用力巴一下
他還開心得笑嘻嘻

10. 紅燒蹄膀

我們整家都愛吃肥豬肉
三層肉豬腳豬油渣
過年吃蹄膀很過癮
可是我其實不會做
會啦會啦只是我做不好吃
二伯二嬸還在的時候
都靠他們

二伯二嬸我很懷念他們啊
你們不知道兩個
像小說走出來的人
糾纏了我不能問的事情
留下孩子沒有再回來
哎唷所以這蹄膀是買的
不要嫌棄啦

11. 佛跳牆

佛跳牆我自己學的
我愛吃芋頭才學這道
味道很重可以吃好幾天
初三初四都靠它了

大伯還在的時候
會跑來偷吃排骨酥
稱讚我們家的排骨酥好吃
外面買的怎麼都那麼難吃
沒有祕訣啦
我一斤排骨買多少錢
比外頭一斤排骨酥賣價還貴啊
你說怎麼會不好吃

12. 櫻花蝦米糕

本來做米糕要拜拜的
我自己娘家拜米糕
嫁過來發現沒有
我自己加的
不知道公媽是不是吃得慣
姊姊還在的時候
年夜飯都等這道
出來了總是笑得很美
那是她對家的感情
她沒生孩子
在這家裡不好過

13. 蜜汁烤方

這個很好做
主要是火腿要買得好
不能太柴
用什麼包其實挺隨意
我用過刈包吐司還有潤餅皮

二伯還在的時候
專挑酥炸的腐皮吃
習慣很不好
那個被吃掉
整份烤方就太油了

14. 什錦火鍋

你們不知道
本來沒有人吃什麼火鍋啦
後來可利亞火鍋店開起來
吃火鍋成了新潮的事情

我貪他方便
什麼餃啊丸啊肉啊統統丟進去
以前12菜碗跟三牲都要煩惱
變什麼花樣好吃
現在都在火鍋裡了
你知道發明這火鍋的人
我有多麼感激他

15. 炸雞腿

沒有什麼要拜炸雞腿
也沒有擺菜碗
就炸給二伯家跟我們家小孩的
跟烤方的腐皮佛跳牆的排骨酥
還有芋頭等其他菜碗的炸物一起做
孩子們還在的時候
刁走雞腿
可以乖乖啃半天呢

16. 水果之柳丁棗子

這季節柳丁棗子

到時
很甜
橘子不行

吃柳丁看個性
有的人切片直接啃
有的人切片撕皮吃
有的人整個拿來剝皮

最討厭那種吃得汁水淋漓的
不是個性啦
是我馬上要擦好不好
不然會地板會黏黏的
腳踩上去很不舒服呢

17. 煎年糕

我阿爸教我我的煎年糕
先切薄片
麵粉裡敲了雞蛋進去拌勻
年糕裹著蛋汁麵粉去煎
外頭酥脆裡頭軟嫩
二嬸在的時候
這道是我唯一贏她的

18. 發糕塔

發糕蒸好當甜點吃
孩子們蠻喜歡的

但是供桌上的發糕塔
放到十五才能拿下來
都發霉了我會丟掉

我家死鬼還在的時候
會撿回來
剝掉黴菌蒸來吃
我看到就罵他
他隨我罵不氣不回嘴
媽媽當初就是
因為這樣要我選他的
到底哪裡好

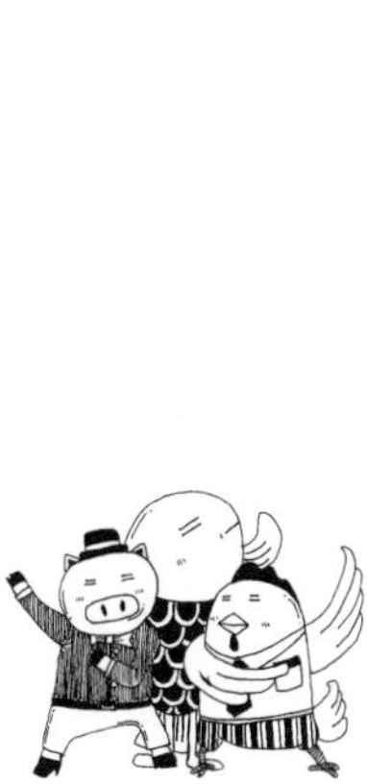

19. 麻糬米糬

二嬸嫁進來那年
回來圍爐
整晚只吃米糬
我從小吃到大
怎麼覺得哪有這麼好吃
我猜她嫌我的菜
看不上眼
偷偷討厭她好幾年

後來她有一次跟我說
那時候是故意要氣婆婆的
她要擺明讓婆婆管不了她
好啊我說你得罪所有人
二嬸偷偷塞給我一條金項鍊
我接受她的道歉

20. 長年菜

初一早上吃素
公婆在的時候就這樣
我也沒問就一直堅持下來
除了醬瓜
很重要的
要吃長年菜
那個刈菜丟到圍爐的火鍋裡
燙熱就送上桌
一定要苦的
苦盡甘來嘛
兒子在家的時候
怕那個苦
都睡到中午才起來
這個阿偉來第三次了

怎麼不回家我不敢問
還有文豪友春是僑生
小惠倒是有偷偷跟我說
為了談戀愛跟媽媽嘔氣

明朝他們都叫他小明
可憐人家裡只剩他一個
每年帶不同情人來

活到這把家破人亡的年紀
年夜飯虧得
有這些大學生來作伴

郵政櫃台的秋天

1. 宴席

家裡有四個人
媽媽
哥哥
你
還有妹妹
一直到現在
還保持著全家
一起吃晚餐的習慣
媽媽的習慣

這天哥哥吃飯的時候

宣布了要結婚的消息
只是告知沒有要商量的意思
這代表著一種分離

你還有媽媽
還有妹妹還有哥哥
都顯得哀傷

2. 考試

畢業之後當兵
當兵之後上班
然後換了好幾個工作
媽媽建議考公務員比較穩定

於是又轉戰各種考試好幾年
偷偷考郵政特考
媽媽覺得不夠威風
考上內勤之後
媽媽又到處去炫耀

總之終於終結了考試的日子
現在看到書還會全身盜汗

3. 老鳥

在街口的郵局工作
有半年的時間

試用期
熟悉郵務與儲匯的業務

郵務很複雜很複雜
儲匯很難很難很難
帶你的老鳥住在街底
從小就認識你
他說等你成為正式員工
他就要退休了
這就是抓交替啊哈哈

4. 郵務

郵務好複雜

有許多種快遞
有許多種包裹
有許多種掛號

有許多種奧客
不同等級不同種類的信件包裹
交匯出一個價格
然後又發散成各種手工貼紙
手抄紀錄繁雜的手續
每次都不同

像是一曲交響樂
充塞在秋老虎來訪的下午

5. 儲匯

數錢
是你最緊張時候
一分神就忘記數到哪裡
打噴嚏就忘記數到哪裡
應和一下嘮嘮叨叨的發問
也會忘記數到哪裡

其實可以用點鈔機數
顧客不放心
機器數完還是被要求用手數
朋友都勸你慢慢來
但是長官有效率上的時間規範
而且不是緊張的問題
是你對鈔票過敏
一摸到鈔票就會分神胡思亂想

6. 目光掃射

有時候你能體會到
被眼神殺死
在住家巷口的郵局上班
進進出出滿是熟悉的面孔
現在你知道了
那個女孩叫做張惠旻
這個婆婆存了四百多萬

其他都不能提吧
比如那些常常
被寄到郵局的怪東西

在住家巷口的郵局上班
進進出出滿是熟悉的面孔
他們也認識你

你知道太多了
有時候你能體會到
被眼神殺死

7. 嫂嫂

哥哥結婚之後就搬出去了
搬得
很遠
很遠很遠
偶爾嫂嫂會來處理哥哥到期的定存
看起來很憔悴

這幾年你會問她過得好不好

嫂嫂對於你跟她說話這件事
很覺得開心
你不是已經不恨她了
只是在這裡學會了待人處事

8. 國中男生

這個國中生很小的時候
曾經跟媽媽來到家裡
大人們聊天
你跟哥哥帶著他玩
這個國中生
每次都存幾十塊
50

70

84

你覺得自己像是會說話的撲滿

你問他為什麼不等多一點再存
他說身邊超過一百元會想去買那個東西
你問那個東西是什麼東西
他忽然緊張起來
反正是壞東西
後來這個國中生每次
都抽兩張號碼牌
你就再也沒有為他處理過存錢的事了

9. 四樓的婆婆

婆婆很嚴肅
沉默
住在你家樓上
有一個聒噪的媳婦
婆婆很沉默
不識字
你每次要幫她填寫各種表格
教她寫自己名字
婆婆不識字
節儉
存了很多錢
但是不給家裡其他人知道

她的三個兒子輪流來問過
她的媳婦到家裡來問過

你沒有說
當然有規範不能說
不過你不說還有點因為
她二兒子小時候打過你

10. 一樓的阿姨

賣菜的阿姨很疼你
曾經想過要領養你
有好幾年你會在夜裡偷偷罵她
怎麼沒有堅持領養你

阿姨從早市回來
會到郵局存錢

並且幫你帶一個便當
有時候是自助餐的便當
有時候是燒臘
有時候是肉羹麵
有一次跟媽媽吵架
讓媽媽知道阿姨的事情
媽媽大崩潰
罵阿姨是狐狸精
到底要在這家搶走幾個男人

11. 小天使

每週會有一個穿著入時的媽媽
推著一個坐輪椅的小女孩進來

他們要匯款給慈善機構
每一次都不一樣
老菸槫保護協會
自我感覺不好關懷協會
聖誕老公公職業工會
瀕危家庭價值保育會
古蹟自燃研究會

坐輪椅的小女孩很愛聊天
常常問你有沒有喜歡的人
什麼樣的人
長頭髮嗎戴眼鏡嗎
有鬍子嗎

12. 那個人

初次遇見那個人
是他讀書的時候
穿著制服
你不知道他住在哪裡
應該在附近
很近吧
所以走這條巷子到路口搭公車
曾經堵過他幾次
只是從來沒有勇氣搭訕

現在每週都可以遇見他一次
有時候兩次
跟他說必要的話
有時候聊天

但是你不希望是這個身份認識他
這的確是一種
沒辦法發展其他關係的身份

13. 成功人士

他每次來領郵件
會特地變裝
但是局裡每個人都認出來是他
其實都是些無關緊要的信
你們猜是信用卡保險單一類的

他每次來領郵件
會特地變裝

但是局裡每個人都認出來是他
好辛苦的人生

14. 小學同學

有幾個小學同學認出你
每個都是一副很羨慕的樣子
你們會聊天到被罵
忽然有很多話可以講
忽然像是很好的朋友
其實他們都霸凌過你

那種狀況是沒有理由的
有一段時間是你

然後是下一個人
現在大家都刻意忘記那件事
彷彿童年都只有天真爛漫的樣子

15. 大叔

麵攤的張大哥
每天來寄信
很明顯是為了跟李小姐說話
有一天你收到他寄的信
是麵攤的廣告傳單
你想至少他真的在行銷麵攤
你告訴李小姐
李小姐覺得張大哥其實是個認真的人

16. 阿傑

阿傑有一次來存錢
無意中看到你
拔腿就跑
你忍不住去查他戶頭
真的很沒有職業道德
沒辦法你是個平凡的人

17. 往事

曾經為了
不曾談戀愛所苦

穿梭於
各種
尋找伴侶的場合

你每次
與情人爭執就會想起來
那真是段
一盤剩菜的日子啊

18. 投訴

一直有人投訴要把你調走
你懂得是怎麼回事
你覺得很有壓力

鄰居也覺得很有壓力
有一個人說你在給他郵件的時候冷笑
輕視他
他心裡不舒服去看了心理醫生
這一件你認錯
他的名字是一個很宅的梗
要命的是你剛好知道

19. 憂愁

秋天是離別的季節
妹妹找到了台北的工作
沒有人可以分攤媽媽的注意力

媽媽的世界剩下你了
你覺得沒有人可以想像媽媽的嚴厲
你不怪哥哥尤其不怪妹妹
妹妹已經擔了兩年多
你想要正面而積極的面對媽媽
但是媽媽最近追問婚事
你整個軟掉
你跟情人還在等法律修正案

20. 秋天

這是個孤獨的秋天
媽媽的
她沒有一件事順利

孩子說的話變得好難懂
那是她沒有遇過的啊
幾個好鄰居好像看起來
都很可疑
說話遲疑沒辦法交心
到底怎麼回事

第二輯　巷議

通靈人

1. 廟

有一個房子
一架神桌幾尊神像
特殊的供品
點香燒紙錢
就可以有個廟有座壇

但哪來的房子
復興南路分租辦公室五千
就這樣開始吧
可惜不能點香燒紙錢
這樣仙師不來啊

得跟仙師商量一下
在家就把整天的量燒足行不行

2. 神的等級

他們說讓人問
面對面可以問
線上當然能問
我就去上電子商務課程
早上的老師說
寫推文要注意
寫療效是違法的
誇大其詞可能涉及詐欺
原來如此我記下筆記

絕不能告訴別人
鬼谷仙師在夢裡傳我大法

下午的老師說
寫推文要注意
寫療效是違法的
罰款6萬8萬10萬12萬
第五次之後每次16萬
可是大家都知道
沒有寫療效的推文
絕對百分之百毫無例外沒人鳥
所以寫推文之前
最關鍵的問題
要問的是
想被罰幾次
原來如此我記下筆記
這是一個嚴肅的問題

我想騙人家幾次

3. 擺攤

有幾個地方可以擺攤
塔羅牌卜卦水晶通書擺定
有人瞧都沒瞧就走了
有人看了會兒走了
有人坐下來聊半天就是不算
有人說找不到她想買的東西
我是算命的啊小姐

4. 溝通的品質

你問我問題
無論幾個
都一副好憂慮的表情
有時候
聽過這個故事
會記住你
知道你總是被什麼事糾纏
這樣會知道
你不想聽到哪些真相

5. 訓練口才

慢慢的我發現
要訓練說話的方式
這個市場的人
想聽什麼
不想聽什麼
為什麼這樣說
市場有沒有給你回應
仙師說你憑直覺
無論說什麼都是天機

太天真了
我有時候想
要在哪裡賣我的東西
賣什麼賣給誰
為什麼

他何時買
因為這樣我很困擾
仙師罵我說學仙法
不要參雜企管分析
我這樣要走火入魔了

6. 開業

到底我可以幫助什麼人
誰要聽我憑人生經驗
回答光怪陸離的各種人生難題
我在想我想賣什麼
我要自己去販售

不是靠中間人
上架不一定賣掉
我要自己去賣
誰要買我的自言自語

7. 雜念

到底要從哪裡開始呢
集中在一個
可以給你回應的市場
客戶在哪裡
你可以去
如果他們不花錢
找到替他們花錢的人

仙師罵我
學法不要做企管分析
都講不聽

8. 愛情是個難題

無論女人男人女孩男孩
充滿了愛情的難題
有人一直找不到男朋友
有人一直追不到女朋友
有人交好幾個男朋友
有人應付很多女朋友
有人煩惱要跟哪個人在一起
有人同時跟好幾個人曖昧

有人不想談戀愛
硬是被家人朋友拖來

9. 走火入魔

台灣人才不用椒鹽罐
不用杯墊不用蠟燭
只能當作禮品
或者賣給外國人
品牌印象太好也有缺點
買了這個東西
會變成被討厭的人
算塔羅牌的人

被認為是有品味的型男
卜卦看陽宅的人
被認定是陰沉阿伯
這就是品牌形象啊
仙師說只要想
怎麼幫助人就好
太天真了

10. 緣份

好不容易
找到正確的客戶
但現在她
沒心情

11. 如果這是一門生意

你要想清楚
現在想要賺什麼
賺錢賺品牌形象
賺曝光賺知名度
賺經驗值

仙師說太傻了
你要賺的是福份
求不來的啊

12.分寸

到底要說到什麼程度
真相是傷人的啊
我覺得比較像心理學吧
好險大學通識課
修了心理學概論跟故事療癒

攸關生死的事
還是要告訴人家
其他就勸人為善好了
守護家庭的價值也
支持同性伴侶結婚

13. 訣竅

你可以測試到的客戶不一樣
有人在乎談話風格
有人在乎準確性
有人在乎品質
有人在乎嘴巴甜
所以你一定想不到
會有一群穿著很潮的客人

14. 人情世故

幾年以後
有些死忠的客戶

已經從高中女生
變成媽媽了
完全變了個人
像是同一個身體
住進另一個靈魂

15. 打迷糊仗

像能不能讓客戶賺大錢
這種問題很傷腦筋啊
如果不能怎麼辦
這是有名聲的
而且通常是遺臭萬年

16. 庸人自擾

開始那幾年
一個有名的人走進來
到底要不要跟他收錢呢
幾塊錢都好拜託
後來發現他們既然會來
就很懂規矩

17. 文創課程

聽說這時代文創很重要
老師說：不要只想我夢想中的店
應該想的是客人夢想中的店

客人來找我
想知道某個問題的答案嗎？
其實沒有
很多人其實只希望我安慰他

18. 神通

網路直播的時候
講解一些臉書留言的問題
有人要求翻牌
有人金錢卦
講著講著桌上捕夢網的
幾根羽毛紛紛站起來
有人留言問這是什麼神蹟

這哪是什麼神蹟
是靜電

19. 情人節

我問仙師
什麼時候才有
情人節可以過
仙師哭哭

20. 準是必要的

第一個客人問我兩個問題
我憑直覺胡說八道
他說謝謝，心裡想
幹，不準。

第二個客人問我一個問題
我又憑直覺亂講
她說好準喔，心裡想
幹，騙子

第三個客人問我六個問題
我還是憑直覺瞎扯
他狐疑問說真的嗎真的嗎？
心裡想，幹
超準

土地公廟紅燈閃爍

1.

一九九八年在鄉間調查
省政府的廟全記錄
民間信仰調查計畫
我們在田間小路穿梭
晚間到了一座
頗具規模的土地公廟
他們剛辦完祭典
聚在辦公室吃晚餐

我們受邀一起吃飯喝紹興酒
訪問拍照飽餐一頓以後

問幾個大叔廟裡有沒有
什麼特別的傳說
幾個大叔都說
你們外地人不知道
我們土地公很有名
廟裡的主委忽然大喝
不要亂講話
連忙說村裡的幾個長輩
愛開玩笑
都是燒酒話
說什麼我們土地公
有名的風流

主委先生
叫人家不要亂講
原來是想要自己講

2.

事情要從鎮上
那條酒家街說起
那個金豪大酒家的老闆娘
有時候算錢的時候
都少一兩萬
可是在放錢的抽屜裡
摸到了土地公廟的金牌
有一枚還是她去打的
有小偷
偷了土地公廟金牌
到酒家來叫小姐

3.

那個阿伯穿著很整齊的黑西裝
梳了油頭灑了古龍水
全身打扮得乾乾淨淨
看起來就是個有教養的人

阿伯到金豪大酒家來
不像年輕人或者地方上的
有錢人毛毛躁躁的
在大廳的沙發慢條斯理坐下來
不急著東張西望不急著說什麼
金豪的老闆娘叫做霞姐的
忙了兩圈才走過來招呼
阿伯等她一大套
客套話都講完
緩緩的客氣的開口問說

小妹妹，聽說你們家阿惜正紅啊
我來做個預訂
要多久才能排得到我

霞姐聽了感覺好傻眼
跟他說這附近人從來沒有人
敢喊她妹妹佔她便宜的
而且還是出自一個
一開口就點阿惜的老不修
阿伯馬上臉紅了
傻笑道歉
不過表示他的年紀
稱呼頭家娘小妹妹沒有佔便宜啦
他還說小妹妹妳不知道
妳在小時候跟媽媽吵架
躲在土地公廟供桌底下哭
我就見過妳了呀

4.

阿伯跟金豪的霞姐
只說了幾句話
霞姐忍不住稱讚阿伯
真是有教養的老紳士啊
阿伯覺得好笑
這個時代奉承的話
已經不叫員外不喊大人了
這時候稱老紳士了

霞姐眼裡的老紳士
每個月來兩三次
只等阿惜的班
阿惜很難排
老紳士說
我有年紀了受不了折騰

只想喝點小酒聽阿惜
唱幾首流行歌
聊聊天就好了

5.

在鎮上酒家街
阿惜不只是金豪酒家最紅的
也是鎮上最紅的

所以鎮上也很快知道了
有個出手大方的老紳士
每個月會包阿惜幾個晚上
聽說就是聊天唱歌

其實也只是聊天唱歌

但是沒有整個晚上
老紳士都八點鐘來
九點的時候
他就會說
阿惜妳現在開門走出去
不要跟任何人說話
出了酒家到對面的小麵攤
妳想見的人在那裡等妳
妳叫他帶妳出去玩
然後直接回家了
這裡我會幫妳處理

6.

金豪大酒家的霞姐發現
土地公廟的金牌失竊
而且小偷還跑到酒家來
叫小姐
廟裡大地震

清點了財產發現真的失竊
而且每個月都在丟金牌
金牌都在金豪大酒家
只是都沒抓到人
信徒問了土地公
怎樣才能抓到小偷
怎樣博杯
都沒杯

7.

有天金豪大酒家來了個
三十出頭年紀的婦人
穿著雍容大度
一件合身的旗袍
有禮貌的妝
進門找個沙發坐了
都沒說話
霞姐知道這是有教養的
而且跟得上流行的女人
鎮上哪個老闆
能娶到這種老婆
沒有吧
來這裡等誰

她坐了很久

久到好幾組客人進了門
又匆匆忙忙逃走
真是一群膽小的男人啊
九點的時候
她忽然盯著阿惜在的包廂瞧
好像有人出來
婦人的眼神好像瞅著
一個人瞧
一直盯到門口
但是霞姐什麼也沒看見
婦人站起身
向霞姐微微鞠躬
小聲說了對不起打擾了
距離很遠
但聲音很近
霞姐還她一個體諒的微笑
然後婦人走出門去

好像追了什麼人出去一樣
這時候阿惜在的那個包廂
傳出阿惜唱流行歌的聲音
這天又是
老紳士找阿惜聊天的日子

8.

鎮上的土地公很興
傳說是個愛管閒事的土地公
什麼人求他都靈驗
生孩子那種好事也靈驗
酒家生意興隆這種事也靈驗

小偷不要被警察抓到
連這種歹事也靈驗
挖筍子的水溝伯
每天早上到廟裡點香掃地
每天晚上來廟裡幫忙關門收拾
土地公保佑他
兒子讀書讀很高
今年回到鎮上來教書

水溝伯最近很操煩
脾氣不好老是罵年輕人
原來是當老師的兒子犯傻了
不能吃不能睡一定是沾到髒東西
水溝伯問土地公該怎麼辦
抽了籤說土地公會幫他辦
真是有名的
愛管閒事的土地公啊

9.

阿惜要嫁了
在鎮上是件大事
嫁給國中的老師
挖竹筍的水溝伯的兒子
酒家女跟學校老師
在哪裡認識的
難道學校老師也會踩酒家

原來在鎮上圖書館認識的
阿惜唱流行歌不得要領
聽說有種東西叫做現代詩的
很像是歌可以研究一下
去圖書館借了詩集可是看不懂
那裡有個像書呆子的年輕人
在閱覽室也看現代詩

阿惜硬著頭皮去問了
居然兩個人很聊得來
不知道怎麼樣的就開始交往了

可是阿惜在酒家裡
日夜都忙碌怎麼有時間去約會
根本沒聽說啊
沒人看過她去約會啊
真神祕

10.

阿惜嫁人以後
出手大方的老紳士

有好長一段時間
沒有出現在金豪大酒家
隔了兩年多
老紳士又來了
不固定點哪個小姐
也是喝酒聊聊天
小姐如果會唱歌
就聽幾首流行歌

不過整個跟以前有些不一樣
會有一種莫名的鬼祟感
沒錯就是鬼鬼祟祟的感覺
現在會打電話來預訂
到了之後就直接進包廂
不像以前會
從容地坐在大廳裡等

11.

金豪大酒家的頭家娘阿霞
到土地公廟拜拜
最近幾年變得勤了
哎呀霞姐說她也不想啦
霞姐買了副香燭紙錢
點了香廟裡拜了一圈
到正殿裡本來想講什麼
可是看到土地公旁邊的土地婆
覺得實在不方便

拜完了走到辦公室外面
添了五百塊油香
看到主委走進來
跟主委招招手
兩個人走到角落

霞姐遞給主委一個紅包
裡頭沈甸甸的
主委憂心問她又是那個嗎
怎麼回事抓到人了嗎？
霞姐躊躇著該怎麼解釋
最後說你收著不要問好了
我不是不講
我其實不知道怎麼講

12.

老哥哥別急著走
我們聊兩句
我來問你為什麼你每次來

我抽屜裡面就少錢
我抽屜裡面就摸出金牌
你要不要跟我交代一下
先讓你知道阿惜
已經都跟我坦白了
你可要想清楚再講

老紳士聽了臉馬上紅了
過了很久都擠不出一句話
霞姐催他說他只好說
我不能騙你所以我真的
不會講
霞姐看他這樣好可憐
於是用很擔心的語氣問他
這樣你會不會
在你那邊犯什麼法吧

你的金牌我可不敢收
每次都專程拿回廟裡面還
一桌酒菜幾個小姐
我不是請不起
可是萬一你在你那邊出了事
我不會要擔什麼業障吧
誰擔得起啊

13.

老哥哥你杵著不說話
解決不了事情
你有沒有去搞清楚
你這樣行不行

13.

嫂子每天坐在你旁邊
她同意你這樣嗎
你說給我聽
她同意你這樣嗎
厚她不知道齁
你自己偷偷來齁

你前陣子來是要幫阿惜的
你現在是幹嘛的
你現在會怕齁會閃齁

老紳士好不容易擠出一句話說
她也很忙很多查某人要她幫忙
霞姐聽到這個話直接爆炸
罵他還敢說理由
怎麼連你也這樣
推卸責任到女人身上

兩個人就這樣沒說話
好久沒說話
霞姐態度放軟
說老哥哥你聽我的勸
你這樣就算沒出事
傳出去也不好聽
來
聽我的勸
以後不要來了
趕快回家吧
老紳士像是鬆了一口氣
傻笑著轉身要走
霞姐在他身後又喊
別家也不准去

13.

14.

才沒半個月老紳士
又到金豪大酒家來
揀了廳裡角落的沙發坐了
不知道在等什麼
小心的左顧右盼
逢人就招呼的霞姐
繞了幾圈終於走過來
招呼老紳士堆著笑說
老哥哥是什麼風把你吹來的啊
但是她忽然想起什麼似的
馬上板起面孔說
不是叫你別再來了嗎
老紳士別過頭去看角落
不想理會霞姐也不打算走

霞姐一屁股坐進他旁邊的沙發
然後小聲的問他會癢齁
老紳士很小聲的照著說會癢
霞姐失聲大喊你是你是喊了五聲
好像不知道怎麼接下去
然後恨恨說你居然
可以跟我說你會癢
你真的可以這麼說嗎
老哥哥我真的是輸給你了
然後霞姐走到櫃檯
指著樓上說二樓八號
現在給我消失
接著霞姐撇過頭去
噗哧笑出來

14.

/ / /

15.

鎮裡有座山
山裡都是種藍染原料的
周邊居民有個法主公會
相傳法主公就是包公
開封府那個
法主公相中這支山的風水
要起廟
可惜這幾年挖水泥礦
風水壞了

法主公會裡面
有一戶人家姓黃的叫阿富
很熱心起廟的事
原來法主公會給他托夢
法主公這晚來給他托夢

來道別的
鎮上土地婆來邀請
要到鎮上起廟
那塊地風水不錯
都看過了很尬意

在阿富床底下
有一罈金子
本來是備來起廟的錢
現在有人捐廟了
這錢留給阿富
法主公囑咐阿富
沒有做生意的命
錢拿去娶某不要做生意賠掉了
阿富醒來後記得金子的事
但始終沒有去挖
想等個機會都捐出去

15.

三十幾年後
整支山劃入高速公路預定地
阿富家被徵收沒地方住
才挖了金子
買房子搬到宜蘭三星去

16.

阿富把法主公托夢
講給法主公會的鄉親聽
說好某月某日
大家送法主公的駕到鎮上
那日大夥送法主公下山

接駕的是鎮上的地主
土地租給台北的公司挖水泥
賺了大筆錢
說有天來了一個三十幾歲
有錢人家的美麗婦人
說法主公讓他捐一塊地起廟
說好某月某日
有人送法主公來到
要起好廟等他
這日阿富他們果然來了

法主公安好座
阿富站在廟口抽菸
忽然推了推旁邊住隔壁的阿榮
阿富說這個廟怎麼蓋的
你看廟口正對土地公廟的正門
這個風水不好吧

17.

有一天老紳士來金豪
沒預訂就進來
站在門口喊阿霞小妹妹
霞姐心裡想
老哥哥今天真好膽
不但不緊張還喊人
她走出來到大廳
跟老紳士說包廂的號碼
然後要他自己來
自己很忙要走

這時候老紳士身後有人喊她
阿霞小妹妹我也來找妳玩
是個打扮很跟流行的婦人
上得是很有禮貌的妝
穿著這一季流行的短裙洋裝打扮
完全沒見過的人
可是氣質讓人印象深刻
好像在哪裡看過

是了是了幾年前
在酒家大廳
獨自坐了一個鐘頭的婦人
霞姐馬上認出來
她說我就在想鎮上
哪個大老闆娶得到這樣的老婆
原來是嫂子啊

17.

18.

老紳士帶著老婆
來跟霞姐做個告別
這是最後一次了
對門來了個管很大的鄰居
以後不能來了

霞姐問嫂子跟來玩的
想玩什麼
美麗的婦人說沒有要
玩什麼特別
就是聽聽歌喝喝酒
聊聊天
想知道這樣有什麼好玩的

19.

好幾年了
世風變了小鎮這裡
酒家不時興了
金豪的玻璃還是黑黑的
裡面已經改做卡拉OK了
五百塊啤酒喝到飽
唱歌不要錢

一樓大廳裡很暗
中央有個舞台
俗艷的舞台燈光閃爍
幾個客人在台上唱歌
一個三十幾歲的婦人
穿著襯衫牛仔褲
寒著臉坐在角落

19.

六十幾歲畫著濃妝的霞姐
坐在婦人旁邊
一直碎碎不停的
罵著包廂裡的男人

嫂子我看到老哥哥來
第一時間就去通知妳來了
那個男人一定要讓他好看
我聽廟裡的人說
供桌上的燭燈一閃一閃
就是他跑出來鬼混了
跑去別的地方就算了
他今天走不對路
居然走進我金豪來
還帶了一個不知道非洲還是
東南亞的外國朋友
你等一下要狠狠罵他

20.

一直到凌晨兩點
兩個上了年紀的老人家
醉醺醺打開包廂的門走出來
一個是穿黑西裝的
一個皮膚黝黑的
穿 polo 衫牛仔褲
霞姐的嫂子迎上去
打量這兩個人
然後驚訝發現那個所謂的朋友
居然是住對面的熟人

黑肉仔
你怎麼在這裡
男人啊

妖行采風錄

1. 橘子蛟

夜
三時許
有蛟龍游出
科技工廠
橘色
有強酸嗆鼻味道
通體散發腐蝕氣息
所經河道
蟲魚鳥獸盡
慘絕

村里鄉民以橘子蛟名之
每月朔日
投科科技公司工程師
於河中夜祭

2. 漏屎龍

村後面有河
綿延數十里
灌溉飲水之源
上村有企業家
科技養豬五萬頭
廠區明亮乾淨舒服
但是河裡開始

妖孽肆虐

有妖沿河出沒
有號曰漏屎龍
絳紅色
惡臭
食人魂魄
河中蝦魚皆斃
浮屍數里
生人走避

3. 玄魚逐浪

漁村在島嶼北角

百年來有巨船切割航道
漁船進出不便
村民到城市謀生
人口凋零
巨船屢遭劫難
有煤油味道飄散全村
墨色魚群逐浪而行
村里鄉民懼怕
投火於海
焚海三日夜不熄

4. 虹光河岸

加油站爆炸

火焰煙塵滔天
有妖異從天上來
在農田河岸遊竄
所過之處
留下虹彩唾液
像是伸出舌頭舔過
村里鄉民感覺噁心非常
盡皆染病塞滿醫院

5. 綠牡蠣

舊時傳說
銅洗煉而成
真金

燦爛發光
比黃金耀眼奪目

舊時傳說
銅的妖化即成綠色
日積月累陰森可怖

有企業家在上游
洗煉銅器
成真金
外銷海外
妖化之銅隨水流入海
染青沿岸牡蠣

6. 渣渣仙

國家徵收了村子周遭土地
蓋起大煉鋼廠
企業家也來了
蓋更多煉鋼廠
村里鄉民沒有地種
到工廠上班
福利很好

不知哪一年開始
煉鋼廠裡跳出無數小蟲
體黑細小成群結隊
移動有渣渣聲
侵襲各處農地
水圳魚塭
農作養殖漁蝦異變

被政府接管銷毀

村里鄉民請王爺媽祖
各處降伏渣渣仙無果
後建渣渣祠供奉
渣渣仙遂轉往彰化台南去

7. 黃金稻

隔壁村五金工廠廢水
直接排進村後的大水圳裡
這幾年附近種出黃金稻
整株金黃色
在陽光下金光閃閃

米粒成粉彩綠色
有文創廠商來做包裝
叫做金穗玉饌
賣很好
隔年
驗出重金屬超標

8. 埋怨樹

工人把爐裡的廢料
鏟出來堆在工廠庭院
久了堆出幾座山
下雨之後長出草與樹

風景宜人
有樹滿是青紫
扎根十里
飽飲地下水
吐出爐灰
被遺棄的怨火

村里中有井取水
皆用於煮茶
近月來茶都苦澀
有重油味
村里鄉民疑有妖物
填井絕之

9. 失魂蛋

隔壁村開了公路
企業家到那裡
開設高科技廢棄物處理場
每日燃燒各種物料
濃煙在天空盤旋
久而成妖
喜食鴨蛋
只聞其味不啖其形

本村鴨莊諸蛋皆失魂
色青有異味
衛生局來驗出戴奧辛
抄沒燒毀

10. 無形貘

農會來了學者
都市大學來的
村里鄉民上課十日
添購藥劑器具
噴灑農田
除蟲滅草有奇效

然後有傳說妖物
食昆蟲妖物生
不見其形
蝴蝶蜻蜓蒼蠅蚊子
蟾蜍幼雀蝗螂蟬
皆死絕
夏日毫無蟬聲蛙鳴

村里鄉民皆異
中元節聘法師除妖
法師降王爺法旨
命村里鄉民勿再用藥劑
卻被警察抓走

11. 王爺呷菸

聽說縣政府
要在隔壁村蓋焚化爐
怎麼可以
不可以不可以
村里鄉民前往圍廠
新聞鬧到首都去

前年換了縣長
隔壁村焚化爐停工

可是王爺山的裡面
卻很快蓋起一根大煙囪
剛好位在王爺嘴巴兩山之間
每天早上九點傍晚四點
冒出長長的白煙
村里鄉民稱王爺呷菸
成為新的觀光景點

12. 逢魔迷霧

午后陣雨之後

有陽光破雲而來
新雨之後的街道
亮幌幌閃爍金光
茂叔經過帶來幾枚地瓜
李老師遣學生買來冰啤酒
乩身黑仔剝了滿盤的花生
我們在廟口閒聊
講王爺海巡軼事

黃昏時忽然有霧
從北方來
中者嗆咳不止
黑仔請王爺鬥之
酣鬥無果
眾人奔逃海產店吃晚餐

13. 鬼孩

村口圓環發生車禍
油罐車擦撞休旅車
油罐車騎上蔣公銅像
翻覆扭曲在地

有妖物盤旋來回
淡橘色的雲煙
形如孩童跳上行人身上
以手掩人的口鼻
可以聞到明顯
塑膠燃燒氣味
然後我們咳嗽嘔吐
無法甩脫妖物暈厥在地

14. 保麗龍

在追求衛生健康的年代
我們都聽說過
路邊攤販打一桶水
洗碗擦桌子洗抹布
政府大力宣導衛生觀念

有保麗龍降世
化無數衛生餐具
遍行各地深入鄉里民間
保麗龍色白質輕
不腐不化長存天地

15. 海岸巨人

漁港外面
防波堤防風林過來
有車路
車路到田
近年住了許多巨人
從日到晚沒日沒夜
迎風而立隆隆呼喊
幹
吵死人

16. 海岸巨獸

漁港村子窮
被選作養怪獸的地方
怪獸很大很大
養大了他們說
會放電
放電給城市的人用

村里鄉民時常抗議
政府官員拿錢來回饋
來辦演唱會
說養發電的怪獸
大家有飯吃村子會熱鬧
怎麼樣都不聽我們講話
幹你娘不稀罕你的錢

後來又說怪獸不要放電了
也不帶走養在地底好可怕

17. 封印之邪物

政府來挖一個大坑
用船載了整貨櫃東西來
一罐一罐東西封進水泥
沉入大坑再封水泥
到底是什麼妖物
要這樣層層封印

封印之地也不知道
散發什麼妖氣

村人陸陸續續生病
無緣無故病死
村里鄉民到首都去抗議

他們要我們犧牲自己
要為大我犧牲小我
不要那麼自私
不要只為了自己保命
危害全國人民的生命

可是一點榮譽感都沒有
只覺得自己被罵得好賤

18. 光之蟲

大地震大海嘯之後
放電的巨獸吐出烈火
焚燒數十日
有光之蟲鑽行遍地
人獸禽蟲
土地作物皆受害
光之蟲潛伏在物產中
能害人千里外

村里鄉民土地遭到廢棄
舉辦大法會祛妖無果
眾神束手
人遭遺棄

19. 腐蝕之雨

天降腐蝕之雨
其實沒有人察覺到
只是有的農作物枯了
以為害什麼病

一直到村子裡面的圓環
站在中央的大理石蔣總統
慢慢沒有了鼻子
村里鄉民問媽祖
天有異相降下腐蝕之雨
媽祖指示人心腐敗
飆車賭大家樂
要大家悔改
否則天仍要降災

20. 火龍翻身

企業家在地底
建設妖物隧道
供應各種化學工廠
有火龍奔竄隧道內
翻騰亂攪街市大亂
路面被炸毀十餘公里
吞噬啃咬30餘人後揚長而去

第三輯 神話

通勤死神

1. 晚上10點18分在捷運淡水線

關渡站到了
關渡站到了
有人走進車廂
ㄋ坐在博愛座不想動
甚至不想睜開眼睛
但是 line 叫了
訊息不能不看
臨時跨區任務派工單
馬偕醫院淡水院區37病房

竹圍站到了

竹圍站到了
雖然差兩站就能到家
ㄋ還是得逼自己
站起來走出車廂
又得加班了

2. 快遞外務徵才

工作內容說明：包裹、物件收送貨服務。
工作性質：全職。
接受身分類別：上班族、應屆畢業生、二度就業。
工作技能：無。
駕照：普通重型機車、普通小型車、職業小型車。
其它條件：態度親切有禮有熱忱。

ㄋ覺得就是一份快遞工作
沒有什麼可疑的
他沒有看過
送行者那部電影

3. 李媽媽

ㄋ認識李媽媽
從捷運公館站下車
走過圓環還要走15分鐘
這一帶的違建拆了很多
仍有些鐵皮屋平房
沿著芳蘭山的小山坡排隊
李媽媽正在燉一鍋三層肉

已經回鍋第四次了
整鍋焦黑肉塊柴硬

她不好意思的換了套衣服
一路上問了近年的景況
很溫暖的一個長輩

4. 阿志

看起來
朋友們叫他阿志
在一輛變形的汽車旁邊
焦急走來走去
幾個朋友拍著車子喊他

ㄋ跟他打招呼
簡短說明來意
盡可能解釋清楚他的處境
阿志很用力的點頭
然後拔腿就跑

從右邊跑去從左邊跑回來
從前面跑去從後面跑回來

ㄋ告訴他
沒有ㄋ他哪裡也去不了
阿志蹲在路邊痛哭起來

5. 小珍

他們父女一路無話
靜靜的坐在捷運車廂裡
兩人的手緊緊握著

6. 工作內容

ㄋ的主管是個講話
很親切的阿姨
阿姨跟ㄋ解釋
工作的性質跟快遞一樣
貨品是人而已

ㄋ的業務範圍是大安區
這裡有幾家醫院所以比較忙
這一組有6個人2個死神
每天早上有一份清單
他們到指定地點帶人
從大安區各地帶他們到
另一個世界的報到處
在台北車站地下街
很沒哏的地方

只有跟在他們身邊
死者才能夠不被束縛
在台北都搭大眾運輸工具
坐捷運最方便了

7. 老蘇

中午吃喜酒的時候
老蘇跟朋友聊天
說他每個月
打高爾夫球起碼8天
很注重養生

晚上11點老蘇回到家
自己下廚弄了兩道菜
開了一瓶陳高
坐下來慢慢喝
一邊想南向政策
可以趁機搞什麼
有哪些朋友在那裡
找誰來一起弄

ㄋ按門鈴的時候
老蘇又喝了一口酒
懶洋洋的站起來
開了門很在意
ㄋ是怎麼進大樓的
霹靂啪啦罵ㄋ罵保全

8. 吳同學

離開宿舍的時候
吳同學問ㄋ
可以坐計程車嗎
走路到捷運站的路上
吳同學好像不會累

一直聊天一直聊天

然後ㄋ自掏腰包
坐計程車趕緊結束這個任務

9. 陳太太

陳太太說她不走
不甘心
ㄋ打開 app
讓她填了申請單
讀滯留期間的規定給她聽
過程中陳太太一直哭

10. 一例一休

ㄋ的工作一直是排班制
業務太繁忙了排假不正常
現在一定要休
一組8個只剩下6個在工作
加班更嚴重
最近沒有9點不能下班

ㄋ衷心建議大家
健康很重要
不愛惜身體讓死神
一直加班也很辛苦

11. 通勤生涯的開始

淡水有一大片房子
捷運到台北15分鐘
老街、小吃、海岸
住在風景區週末方便
帶小孩家人出去玩

被廣告騙了
週末不是上班
就是在家裡睡覺

12. 豪哥

豪哥跟馬沙
坐在小吃攤喝酒
他們把ㄋ罵了一頓
怪他慢吞吞的

剛剛豪哥帶人來砍馬沙
現在倒是蠻融洽的
很多無奈都講清楚了
路上
他們盡聊些
年輕時候一起玩的糗事

13. 張太太

張太太這幾年都睡不著
吃不下飯腸胃不適
十二指腸潰瘍
膝蓋跟腰都很酸痛
有一個女人常常來找她
跟她講一些五四三
常常嗆她要搶她老公

張太太很清楚
這個是來討債的髒東西
她問ㄋ有沒有看到那個女人
ㄋ說沒有
張太太把女人的樣子講給ㄋ聽
ㄋ跟她說沒有髒東西跟著她
ㄋ說自己看得到

再三保證沒有
路上張太太一直東張西望
並且告訴ㄋ
那女人躲起來了她也看不到在哪

14. 豆沙包

豆沙包笑得很天真
ㄋ抱著她唱兒歌逗她
ㄋ有個兩歲的女兒
最近練了幾首兒歌
剛好可以派上用場

15. 胡老師

胡老師問ㄋ
我可以去找
那個家長報仇嗎
ㄋ幫他連進系統裡
查到那個家長
還會活幾十年

16. 瀕死的緣分

ㄋ失業很多次
不是沒定性不想拚
每次都是身體出狀況

高血壓、痛風、皮蛇

ㄋ一直覺得
可能自己已經死了
才找到這份工作

17. 不要死拜託

阿達請假茂哥離職
今天剩下２人２死神
早上拿到清單有點傻眼
ㄋ到國泰醫院仁愛醫院
接了整群人好像旅行團一樣

這樣從早忙到晚
到11點多才下班
趕最後一班捷運回家
臨時跨區派工單
會透過 line 傳送
剛剛一直跳出
管理外的死亡預告
ㄋ心中吶喊我快到家了
珍惜生命啊拜託

18. 許顧問

ㄋ遇到了一個難題
許顧問為他

做了生涯最後一次諮詢
鼓勵他檢舉
死神外派公司
並且給了他幾個電話
保證可以把公司搞得很慘

ㄋ好為難
他只要安逸穩定就好
辛苦沒關係
從小到大長輩都是這樣教他的

19. 兒子

這天早上

清單上有個地址
在老婆的公司
時間是下午2點
ㄋ整個早上都很不安

午餐過後
ㄋ的老婆肚子一直不舒服
下午開會的時候臉色發白
接近兩點的時候
她從廁所出來
看到ㄋ站在公司廁所的外面
手裡捏著一個小瓶子

ㄋ過去抱了她
約了晚上吃飯
就走了

20. 擴大招募的原因

ㄋ問阿姨
為什麼找一般人
阿姨說想那麼多幹嘛

ㄋ跟同事聊
為什麼找一般人
大家七嘴八舌
朝向手機遊戲設定亂猜

旁邊喝咖啡的兩個死神
覺得難為情
招供說是因為人太多了
有70億啊
死神忙不過來

上班族阿智

1. 業務簡報

以上報告是我們的服務
絕對是全方位的
肯定可以解決你
所有的問題

謝謝您終於肯來了
這個方案就先擱著吧
您應該知道我們
為什麼找您過來
這樣我很困擾啊

這樣我就白跑一趟了

不會的，請您放心
我們會購買全套服務

真感謝你啊
救了我一命

不好意思用這種方式約您
因為實在太難約了

我白天必須上班啊

有幾次是約晚餐時間

那時候在加班

上次是約夜裡呢
下班回家太累了
真是辛苦啊
對啊，好辛苦啊

2. 那件事

能不能告訴我們
是從什麼時候開始的
記得清楚嗎

當然啊
我很後悔啊
第一次以後真的很後悔
那是三個月前
3月31日的事情
唉呀
真的很糟糕

那為什麼一直做呢
已經16次了
整個宇宙
陷入驚恐裡了啊
我們追查了三個月
從來不敢懷疑是您啊
到底為什麼

上班壓力太大了啊

真的會讓人瘋掉
被上司刁難爆氣的
一不小心就做了

您的意思是
一不小心就炸掉
一顆星球

完全是無心的啊
我很後悔啊
到現在還是很後悔

3. 調查紀錄 0402

沒有任何徵兆
星際間第三大自由貿易星球
鐵都忽然爆炸了
整個星球灰飛煙滅

鐵都的人類已經完全虛擬化
身體放在高科技的小鐵盒裡
他們用礦物與空氣中的有機物
合成養分輸入鐵盒裡的身體
整個星球的人類活在虛擬世界
透過機械改變現實世界
並且把生命鐵盒藏在地底
能抵抗任何攻擊
甚至有幾個星球正在授權
全面虛擬化技術

鐵都被整個炸毀
包含在星球上的所有貨物
這是根據許多貿易星船的回報
消息來源相當可靠

4. 銀河新聞網 0512

星球爆炸恐怖攻擊
調查至今沒有任何進度
沒有主謀者
沒有宣稱犯案者
沒有勒索訊息
星際一片混亂

鐵都爆炸後一個月內
又陸續出現了6起
完全摧毀星球的爆炸事件

這6起事件不再是繁榮的星球
反而都是地處偏遠的無人星體
媒體評論持兩派觀點
一是莫名的星體爆發屬自然現象
一是武器測試
醞釀更大規模的攻擊
但是今天上午11點
星際帝國的副都美之女神
遭到無情摧毀
恐怖攻擊情勢不言而喻
星際防衛組織已經取消所有任務
調派分佈整個星際的所有人力進行調查
並獲得無理由拘捕與狙殺許可

這還用說嗎
本報獲可靠消息指出
這一切都是星際防衛組織的
擴權陰謀

5. 調查筆記 0521

查理壓力非常大
他已經崩潰了
他居然跟我說
目前沒有任何武器能辦到
瞬間炸毀整個星球
鐵都與帝國罪有應得
是神終於看不下去

出手懲罰了他們
沒辦法可想了
這也是一個方向
寫下筆記為了特別留下紀錄
我已經讓宇宙防衛隊的地球分部
著手調查

6. 毫無頭緒的新任務

總部來的消息
調查對象長期居住在地球
但身份敏感不能透露
不能透露要怎麼調查呢

好險任務級別是無危險性等級
為什麼要出動菁英人馬
進行無危險性等級的任務

這三天的確都在蒐集資料
要挑出整本聖經裡面所有
攻擊與戰爭形式
製作報告回傳總部
我們被要求做這件無意義的事
放著星球爆炸攻擊事件不管

7. 停滯的新任務

無聊的聖經歷史故事摘要做完了

上頭要我們休假
他們密集開會爭吵
我才沒有空理他們
我快摸到邊了
星球毀滅沒有任何
外來能量衝擊的軌跡
一定是自內部爆炸的
什麼方式可以造成這種爆炸
就是他了
最了解星球結構的科學家
我現在就去逮捕他

8. 無聊的任務沒有進度

毫無道理的任務已經一個月了
休假的探員居然夥同其他星球
同步逮捕了幾十個星球結構專家
案件露出一線曙光
他們在幹大事
我在這裡處理無聊的文書工作
申請駁回申請駁回申請駁回
為什麼總部不去跟大天使長打交道
好想去偵辦科學家喔

9. 連續謀殺案

在爆炸案初露曙光之際
星際防衛總部爆發醜聞
擴權陰謀遭到證實
兩個月間
反對擴權的防衛星球分部長
被暗殺了超過10個
實際人數還在統計中
防衛總部數名高層下台
但是無理由拘捕的特權沒有撤銷

銀河帝國持續支持這項特權
發誓要找出真相為
美之女神星數十億人民復仇

10. 無聊的任務向上發展

防衛總部走馬換將
我們討論好了
申請撤銷在地球的特別調查
申請遭到駁回
已卸任的防衛總部長
動用了秘密管道
終於讓大天使長批了申請
我們可以約談那個人了
他在地球的名字是柯建智

11. 行動代號阿智

我們開始監聽阿智的電話
聽說跟星球爆炸案有關
當然要加倍的仔細
越是這樣越是失望
基本上是一個無趣的人
沒有家庭沒有朋友
沒有樂子
都是公司的事情

早上出門很晚下班
下班後繼續工作
週末加班或者睡死
很平常
很平常的上班族

12. 阿智的一天

早上七點出門
公車捷運公車
開會開會開會
應付緊急的報告
一個人麵攤午餐
開會開會開會
打電話給合作廠商
增加需求刪除需求
開會開會開會
便利商店的晚餐

寫計畫做簡報
試用各種功能
寫修正報告
下班公車捷運公車

看評論節目睡著
半夜上廁所回房睡覺

13. 阿智的人際圈

同事小蔡
很菜的新人
不知道專案管理要幹嘛
做什麼都錯
全時候處於緊張狀態

同事阿杰
遊刃有餘的老鳥
心智健全摸魚很有一套

推卸工作能力一流
值得學習

上司馬鈴薯
賤人一個
很會講大話又不負責任
出包都讓阿智扛

鄰居梅姨
房東
健談很關心阿智

朋友
沒有朋友
沒有任何同學還在往來

家人

沒有家人

14. 阿智的過去

拜訪阿智的老家
拜訪阿智的大學同學
拜訪阿智的小學同學
阿智問題非常大

星際防衛地球分部
出動上百人進行調查
約談阿智親人朋友一四二人
每個人都講五件事
阿智很乖書呆子愛跑步

不懂怎麼跟人說話
爸爸媽媽都很愛他

阿智絕對有問題
所有訪談筆錄都一模一樣
是大規模的記憶植入
而這麼多年了
從來沒有探員察覺
不可能
事情不單純

15. 阿智調查的瓶頸

阿智絕對有問題

而且大有來頭
但為什麼當一個魯蛇上班族
這個身份很尷尬
他幾乎沒有時間做別的事
根本是上班機器
這樣的人在爆炸案裡
扮演什麼角色呢
主謀
他要什麼
聯絡人
可是所有連繫都很正常

找不到有任何陰謀的蛛絲馬跡
難道他掌握了爆破星球的技術
他賣技術嗎
但是查不到他
跟星球結構專家的交集

不會吧
紓壓嗎
雖然上班族被搞會很想殺人
但不會真的殺人啊
上班族都是溫良恭儉讓
才會淪落到上班族的境地吧

16. 方向錯誤

所有報告都被打槍
星際防衛聯盟本部長查理
給我們直接約談阿智的命令
阿智只會有兩種身份
兇手或者路人

我問查理阿智是否
擁有這方面的技術

查理說阿智絕對有這個技術
並且告訴我阿智是誰
所以大天使長不是一個機構
就是大天使長

17. 很難約

阿智講電話很客氣
我們都很驚訝
雖然我們一開始就表明身份
並且表達對阿智的敬意

非常客氣讓人尊敬

可是沒有辦法接受約談
太忙了雖然沒有畏罪
拒絕調查的意思
約了10幾次都沒有成功
期間又有2顆星球爆炸
已經累計16顆星球了
情況十分危急

18. 只好請馬鈴薯出面

我們打電話給阿智的科技公司
直接找業務部經理

告訴他我們需要
全方位解決方案簽約10年
請他們公司過來簡報
我們賭
小蔡不行阿杰溜走
只有阿智會過來
也的確是阿智來

感謝神
感謝您願意來一趟

19. 無題

非常感謝您

能直言不諱毫無保留地
告知我們真相
我們無權拘捕您
目前居然也無法源依據可以
對您進行任何審判
只能卑微地請求
能不能請您
不要再做了

我也希望可以這樣
我盡全力約束自己了

這樣不夠呀
在這樣的狀態下
您還是炸了16顆星球

沒辦法呀

上班壓力太大了
一回神
就已經炸了

難道您不能辭去工作嗎

不能啊
我平常教人要持之以恆
要堅毅要忍耐
我捨棄一切能力
想要證明即使是
台灣上班族也能改變命運
我怎麼可以自己就
放棄了這些信條呢
我不能有這樣的特權啊

您這樣真辛苦啊

對啊，真的好辛苦啊

20. 結案報告

本來我們希望經由合法程序
分案調查約談偵辦
依照違反勞基法
違反一例一休
逮捕那間科技公司的
負責人與所有主管
但是台灣的法令無法配合
正在磋商法條適用性的時候
第17顆星球被炸了

雖然是顆無人星球
但事態嚴重已經不能再拖延
於是動用了無理由拘捕的特權
並將馬鈴薯以鐵都星球爆炸案
主謀罪名起訴

後來阿智找到了新工作
勞資關係良好
我們密切觀察了18個月
沒有再發生星球爆炸事件
星際防衛總部簽核結案
以此向此案中
英勇犧牲的探員們致敬

十二生肖

1. 初始

有一個神
從東邊往西邊走
每踏出一步
大地就向後退一步
於是世界開始轉動
一千年
兩千年
三千年
四千年
世界化育萬物
神覺得很新奇

繼續他的旅行從來沒有休息

2. 相遇

那一個神
從東邊往西邊走
從來沒有休息
不知道過了幾個千年
遇到另外一個神
那個神從西南向東北飛翔
兩個神停下來聊天
世界停止轉動
有的地方被太陽燒得發燙
有的地方冷颼颼

到處都是災難

兩個神聊夠了感到開心滿足
相互約定再見的日期
繼續他們各自的旅行
期間世界已經毀滅數次
再次化育萬物

3. 遊歷

那一個神
繼續他的旅程
有時候向西走
有時候向北走

世界就跟著亂轉
中間他遇見許多個神
中間世界又毀滅了幾次

他細細數了這世界有幾個神
跟他們聊天
問他們都在做什麼
然後有些神拜託他
走回原路
那個神不知道什麼是原路
他由東向西走
一直到現在

4. 這兩個神

這一個神吹氣成為雲
這一個神的朋友
捕捉誤闖的星星
兩個神很要好
一起做了很多很中二的事情

有一天他們想試著繁衍後代
他們觀察天地萬物怎麼做
他們很有冒險精神
試了各種他們認為有效的辦法
始終沒有成功

5. 貓與鼠

貓與鼠是一對
沒有未來的戀人
老鼠無悔地付出他的愛
貓卻每天無比痛苦
為了結束這一切的悲哀
貓把老鼠整個吃掉

過了千百年
貓與鼠的關係依舊破裂
貓只記得
吃掉老鼠才能夠
把自己解放
有時候老鼠寧願被貓吃掉
讓自己的血肉
幸福地融進貓的身體

6. 狗、雞與牛

雞與牛都討厭狼
狼會偷雞蛋
被母雞撞見還會亂咬
牛單純覺得狼是流氓
雞與牛都很討厭狼
也很討厭人
人會偷雞蛋
被母雞撞見還會
把母雞抓去吃掉
牛單純覺得人
賤

雞與牛把狼
騙進去人住的山洞
狼與人果然都超討厭

他們聯合起來偷雞蛋
抱走母雞
奴役牛
狼把自己的名字改成狗
以為大家不知道
超討厭的

7. 龍與豬

龍常常說
豬是我的好朋友
誰也不准欺負她
還常常說
好羨慕豬在泥巴裡打滾

好好玩
豬常常邀龍到泥巴打滾
而且介紹各種口味的泥巴
如何打滾才是最高享受
龍每次都說很忙
龍說好羨慕啊
如果可以在泥巴裡打滾
是最棒的享受

7. 馬

馬一直跑
一直跑
跑很遠

跑很多地方
很多動物問他
那些地方有什麼好玩的
馬一邊跑一邊說
沒有什麼特別的
每個地方都是
我腳下的道路

9. 蛇與猴

蛇住在樹上
猴子也住在樹上
猴子吃素
蛇也吃素也吃葷

他們在一起的時候吃素
蛇比較常在地上捕獵

猴子跟蛇是鄰居
其實不熟
大家也很少把他們連在一起
他們偶爾喝酒聊天
交換一些對方被中傷的八卦

10. 兔、羊與虎

有兩個神
他們嘗試繁衍後代
始終沒有成功

他們問兔子
兔子要他們把眼睛塗成紅色
羊笑他們笨
告訴他們吃草才能生孩子
老虎無精打采的躺在一邊曬太陽

有兩個神
他們嘗試繁衍後代
始終沒有成功
老虎看不下去羊和兔子胡說八道
請神允許他把羊和兔子吃掉
兩個神覺得不忍心
就收養兔子和羊
從此兔子和羊
過著被兩個神罩的日子

11. 雞的啟發

有兩個神
他們嘗試繁衍後代
始終沒有成功
他們問了很多動物
每一隻都熱情貢獻他們的辦法
老虎覺得好蠢
要求神讓他吃掉這些動物
神覺得好可憐就收留這些動物
總共有鼠牛虎兔
龍蛇馬羊猴雞狗豬
連老虎都有
他的辦法也很蠢

兩個神發現雞夫婦長得很不一樣
終於發現了他們可能需要

12. 女神

世界上有很多神
負責各種事務
有一個神吐氣變成雲
有一個神捕捉誤闖的星星
誤闖的星星通常被燒掉
有的能力是世界上需要的
就成為另一個神
現在他們需要女神
去天上擄了一顆星星回來
世界於是有了女神

13. 家

有兩個神
以及一個女神
他們領養了12個孩子
鼠牛虎兔龍蛇
馬羊猴雞狗豬
他們兄友弟恭父慈子孝
過著幸福快樂的日子
直到女神生下了一個小小的神

捕捉誤闖星星的神
帶著領養的孩子們
搬到地上去住
他們兄友弟恭父慈子孝
過著幸福快樂的日子

14. 魯蛇

有一個神
以及一個女神
生了很多神
有女有男
他們高大健壯
能夠做很多很多工作
世界變得很進步
比如說河水在河谷裡流
比如說火山睡著
比如說教人種稻穀
這樣世界上的事情
忽然變更多了
他們去找12生肖幫忙
12生肖有的願意有的不願意

鼠牛兔蛇馬羊雞狗豬願意幫忙
所以這些動物
被神的孩子指定重要的任務
讓人可以吃他們
12生肖覺得幹
真的很萎小

15. 謀篡

有一個女神
跟一個神
生了很多孩子
這些孩子很能幹
為原來的許多神分攤工作

很多神就退休了
他們回到天上當星星
或者被燒掉

16. 龍

捕捉星星的神
帶著12生肖到地上來住
退休發懶不想工作
讓龍替他捕捉星星
他跟猴子每天掛在樹上曬太陽
老虎在他們的樹下曬太陽
龍說好羨慕你們ㄛ
如果我也可以

每天發懶曬太陽就好了

17. 人真好用

眾多的神管理世界以後
他們發現人很好用
手腳靈巧可以做很多事情
頭腦喜歡胡思亂想很好控制
給他們一些使命感
一些虛榮感
就可以驅使他們去做壞事
有時候他們還會主動思考
去做更多壞事
萬一搞砸了讓雙親生氣

只要降天火把那些人毀滅就好
超方便

18. 狗

狼假裝是狗
後來被指定給人吃
覺得很萎小
就想回去當狼
可是狼已經給別的動物當了
他跟那種狼吵架
那種狼狠狠揍了他一頓
只好當狗的狼

很怨恨現在的狼
只要有狼經過
就會去偷咬人養的羊
讓狼背黑鍋
人人喊打喊殺
被寫進童話故事
每次說故事都要被
拖出來死

19. 牛與虎

牛與虎覺得
最棒的生活就是
每天沒事幹發懶曬太陽

可是牛要做苦力
還要被吃
常常跟老虎抱怨
又忙又累
老虎建議他放下工作
跑來給老虎吃
並且答應他死前可以整個下午
沒事幹曬太陽

20. 遲到

世界就這麼說定了
神與人都忙著他們的事
鼠牛虎兔龍蛇

馬羊猴雞狗豬也忙著被吃
吐氣成為雲的神
捕捉星星的神
都退休住在地上
他們過著悠閒無聊的日子
偶爾試著繁衍後代

第四輯　聽說

我有毛病

1.

我有一個問題
你們稱他智多星
智多星會想很多辦法
幫我解決眼前的難題
都聽起來很聰明
但每一個辦法都是
災難

2.

我有一種病
你們稱他做大叔
大叔就是
無時無刻都很累
大叔很累從來不跟人說
但他的五官疊在一起
就是一個累字

3.

有個問題困擾我很久
你們叫他暴走的馬特

馬特跟智多星
不能在一起
兩人聯手會立刻執行
看似聰明的災難

4.

你們說她是愛麗絲
我才不要
愛麗絲是女生
愛麗絲是
愛麗絲夢遊
仙境的典故
容易把別人的客套當真

做一些很認真
但是讓大家很困擾的事

5.

小明是很多
小故事的主角
但就只是
小故事
我有個問題
你們叫他小明
什麼事情都攬在身上
好像大家沒有他不行

6.

麗麗有顆少女心
喜歡可愛的東西
做浪漫的事

抗議
抗議
我沒有少女心
你們說你沒有
但是麗麗有

7.

麗麗跟智多星
決定要縫一個娃娃
在獨自在家的假日
他們找了很多資料
剪開舊衣服
一針一線
縫進了下午茶的爵士樂
縫進了傍晚有雨的晚霞
一直到很晚
家人都回來了

我把娃娃送給女兒
女兒很開心的問
這個小怪獸叫什麼名字

8.

你們第一個
認出來的是小明
有一次我協助一個案子
小明找智多星想方案
又找馬特到處拜訪串連
做了好多好多
又累又沒用的事
最後都沒有派上用場

你們問我叫他小明好嗎
我覺得很貼切
我覺得可以
我說可以
小明說不可以

9.

你們叫他
張仰賢
他大部分
被寫在考卷上
張仰賢有時候考得好
張仰賢有時候考不好
其他時候躲起來
誰也找不到

10.

你們說這個問題

跟一個古人很像
叫做張儀怎麼樣
我超崇拜張儀的
可是你們說這是
說謊沒有羞恥感

11.

愛麗絲遇上大叔
大叔說其實我好累
我想睡一下
愛麗絲請他好好休息
整整兩天睡睡醒醒
該交的報告就過期了

12.

阿南，冥想者
你們最近發現了他
我一直是個
可以獨處的人
而且獨處能力不錯
所以你們說
其實你有人際關係障礙

13.

阿南跟張儀
還有愛麗絲

可以混在一起
聊一整天
你們問我
你什麼時候發現的
有自言自語的問題

14.

喜歡打電動那個
你們叫他阿居
這樣好
可以跟阿宅有所區別
阿居喜歡打電動
看書看韓劇

14.

我覺得這樣
浪費很多時間

你們認為阿居其實
算是這些問題裡面
比較有正面貢獻的

15.

你們問我這個問題
叫做奧羅拉好嗎
聽起來像歐羅肥
好像取笑我是胖子
你們跟我解釋

那是睡美人的名字
是我孤陋寡聞
反正我更不能接受

最後你們叫他老大
三隻小豬的老大
很能睡

16.

你們發現
愛麗絲跟小明
合起來是阿南
愛麗絲跟大叔

合起來是老大

我問你們
老大跟阿南合起來
會是什麼呢
你們想了一下說還好
就是睡覺的時候
會一直做夢

17.

我沒辦法
堅持自己的想法
我大多時候很任性

彼此是矛盾的

你們說一點也不矛盾
任性只是任性
根本站不住腳
經不起理性的辯證
你們想要叫他
二哥
很中二的感覺

18.

我一直會頭痛
爆痛那種

你們做了研究發現
暴走馬特遇上大叔
智多星遇上小明
愛麗絲遇上二哥
就會發生這樣的問題
那是一種複合的症狀

你們決定慢慢來
問我想從誰開始
感覺好殘忍

19.

如果我認出來這些問題

他們有自己的名字
有個性有血肉
天啊他們沒有血肉
沒有沒有沒有血肉
這樣我該怎麼
跟他們其中的誰道別
我不能啊
我沒辦法
我覺得非常的不可以

20.

你們有時候
要我談談許赫

他對其他問題
有強勢壓制性
佔了很多時間
寫很多詩
已經明顯影響
正常生活

許赫跟張儀一起
把家人騙得團團轉
愛到卡慘死

媽媽

1. 家裡重男輕女

媽媽家裡
有兩個兄弟
有五個姊妹
媽媽排行老三
媽媽的家境不是很好
只是普通好
媽媽的姊妹們
陸陸續續送人
都是朋友介紹的好人家
尤其是媽媽
長輩都說她要去當大少奶奶

其實是有錢人家的童養媳

2. 童養媳的待遇

媽媽原來單名一個玉
讀書的時候叫做玉子
升小學三年級的時候
養母家的一個姑婆
碎嘴了幾句
女孩應該待在家裡
整整放假了一個學期

學期終的時候日本老師來家裡
要玉子去拍照

家裡人客氣婉拒了
隔天老師帶了警察來直接抓走養母
媽媽不知道怎麼回事
害怕的躲在床底下
後來被拖出來帶去學校
就這樣一直讀書到
小學五年級日本投降

3. 阿草

媽媽字寫得很漂亮
常常代表學校比賽
學校有次來家裡找玉子
家裡人都說沒有這個人

學校找得急又報警
大家才知道原來媳婦仔
不是叫做阿草

4. 還是阿草

媽媽到養母家的時候
家裡有個大十歲的姊姊
隔年弟弟出生了
那本來是她未來的丈夫
家裡很開心
說媽媽名字的玉帶男孩
後來弟弟沒有養住
兩歲的時候風寒死了

姑婆罵這個阿玉沒路用
當草來養就好了
連名字都成了阿草
生病也沒得看醫生
丟在庭院曬太陽
媽媽年輕時候節省
生病捨不得看醫生
都說曬太陽就會好了

5. 阿姐

小學一年級的時候
姊姊說要去台北讀高中
接下來好幾年

有二十年
再也沒有看到姊姊
中間有好多好多謠言
最誇張的是
被派去上海當間諜

但是媽媽講不清楚
是哪一邊的間諜
媽媽跟大姨相認
兩個人已經都在台北了
除了通電話
每年清明節才會碰面
大姨幾個姐姐嫁人
還有我結婚的時候
都相互出席祝賀

6. 嫁人

媽媽有過一個老公
我覺得比較像魔術師
一開始來到家裡自稱姊夫
然後是個軍官
然後是個退休官員
然後是媽媽的老公
然後是警察
然後是非常秘密的警察
然後是五個孩子的爸爸
然後是不能出門的人
還有各種媽媽也
記不清楚的
聽不懂的身分
一直到他死了都不是前夫

7. 逃走

媽媽的老公不能被發現
不能工作
媽媽打工養活一家七口
一天打很多份工
她在一個工地
認識我的爸爸
我的爸爸是個人來瘋
到處搞錢請客
請看戲
請看電影
媽媽覺得他是個糟糕的人
媽媽的手帕交阿鳳要她逃走
不是真走
是給老公一點教訓

她們計畫到桃園去投靠
家裡開工廠的小學同學
萬事俱備只欠路費
她們找上我的爸爸借錢
他不借才不要借給只來幾天
來路不明的女人
他說沒錢
阿鳳說口袋鼓鼓一定有錢
他說敢伸手進來拿就給
阿鳳伸手抓他的卵葩
另一隻手掏出好幾百塊
我的阿爸痛得哇哇大叫
而且一直罵髒話

8. 我的阿爸

媽媽說阿爸很糟糕
我的阿爸是個32歲的混混
帶領5個工班到處接工程
大家叫他三哥
除了他會把當天工錢全部拿來請客
還有兩個真的混黑道的弟弟
每次來討零用錢
就問三哥有沒有要揍的人

三哥很愛搞錢
但是所有的錢都拿來請客
很陶醉被崇拜的感覺
但是三哥是工作狂
每天睡工地
沒有女人要跟他

他還養了個叫阿秀的女人在暖暖
已經嫁人有四個小孩
每次送錢去
只敢站在門口講話
真是傻蛋

9. 阿爸的說法

阿爸覺得媽媽是來路不明的女人
身世很坎坷但是很神祕
他的幾百塊看是要不回來了
阿鳳雖然說要做工抵償
但是阿鳳有三個孩子要養
所以算了

阿鳳給他媽媽在桃園的地址
他去了也見到了人
他本來只想關心一下
沒有要討債的意思

但是媽媽那天其實要走了
她心軟寄錢回家
被自己的大女兒找到
她決心要逃到花蓮去
於是留給債主我的阿爸
一個花蓮的地址
然後連再見也沒說就搭車走了
那是個相欠債沒話好說的故事

10. 戀愛

她跟他都沒有談過戀愛
他到花蓮去
原本只是要看看
有沒有平安
居然住了好幾個月
基隆的工地都丟下了
每次打電話回去都被罵個半死
後來因為兩個弟弟出了事
才回家處理
一個弟弟入獄
一個弟弟送去跑船
跑船的那個一直跑到60歲退休

11. 私奔

無論在哪裡打工
原本媽媽都會寄錢回去
她有五個孩子要擔心
大女兒很聰明
想盡辦法找她
被找到了就再逃

可是事情變了
她跟別人談戀愛
有了我的姊姊
真的要人間蒸發才行
我的爸爸也人間蒸發了
拋棄五個工班幾十個兄弟
投靠松山一個做黑心工程的議員
他顧不了太多了

帶著她逃走
他們真的做了連續劇才有的事情
私奔了

12. 台北很黑

他在台北幫議員搞工程
都是骯髒事
白天抹牆壁晚上應酬
回家看看女兒又去睡工地
整天弄得髒兮兮
她在台北照顧女兒
揹著女兒洗碗補衣服打工
日子跟以前差不多

不知道未來是什麼
只是身邊的人不同了
這個人是她自己選的

議員後來拖欠尾款賴帳逃走
他們揹著女兒
從松山走路到萬華
找不到人又走回來
路上叫一碗陽春麵
三個人吃
下著大雨
夜
黑得看不到明天

13. 墳墓山

我在小學五年級以前
爸爸的職業欄
寫的都是蓋墳墓
小學五年級換了老師
老師把我叫過去
當我的面
把蓋墳墓三個字劃掉
改寫成建築業

他們最慘的那年
台大在長興街附近
蓋傳染醫院
爸爸去打零工
被發現是個泥水匠
改聘為泥水師傅

那是另一個黑心工程
壓榨工人非常厲害
日夜趕工很少休息
整個工班住在附近
墳墓山腳下
豬圈改建的宿舍裡

他替她謀個事
在宿舍煮飯給大家吃
整個從松山搬過來
媽媽覺得超恐怖
開門所及都是墳墓
路邊常常曬了整副人骨
居然一住就是30年

14. 兒子

媽媽說我出生的時候
胖胖的很可愛
結果現在是胖胖的大叔了

我是生來討債的
三個月就心室腫大
壓迫肺臟差點死掉
進出醫院無數次
老爸到處找錢走投無路
墳墓山上有時候缺工
會到豬圈這裡找工人
爸爸開口跟一個墳墓包商借錢
做工抵償
一賣就是兩年
白天山上晚上醫院

死命絞著身體滴出錢來
每次到醫院看到我就罵髒話

15. 張太太

街坊都覺得張太太很神祕
沒有人知道她的名字
問她的小孩也問不出來
我真是冤枉
我入學資料
媽媽的名字是四嬸的
我也一直搞混
有些碎嘴的鄰居會通報
警察常常到家裡關心

里長很俠氣
收了錢就幫忙坦
媽媽超感謝他的

16. 二姊

姊姊是個優秀的人
從小功課就超好
還入選樂儀隊當指揮
媽媽怕她琴彈得不好被笑
標會買了鋼琴還讓她補習
姊姊讀北一女的時候
媽媽再次被她大女兒找到
我們多了3個姊姊

二姊更住進我們家
她是個讀很多書的人
講話很有學問
我們都很喜歡她
她住了兩年才搬走
我不知道怎麼回事
後來才發現她是來報復的
在正值叛逆期的姊姊面前講
媽媽跟我的壞話
講媽媽最後會帶我逃走
把姊姊丟給爸爸人間蒸發
那幾年媽媽跟姊姊像仇人一樣

17. 診所

有一段時間我還沒上學
姐姐上學爸爸上工之後
媽媽就會帶我
在台北街頭遊蕩
我們逛百貨公司
喝咖啡看電影做衣服
晚上爸爸回家全身痠痛
我們逛得全身痠痛
我們會去找張醫師
張醫師的太太跟媽媽很要好
她們會一直聊天
我跟爸爸常常覺得
媽媽不是來看病
是來聊天的

18. 結婚

他們一直等到
媽媽的老公死了
才決定要結婚
媽媽很猶豫
姊姊很努力促成
他們結婚的時候
我已經高中了
換了身分證
終於是爸爸媽媽
正確的名字

媽媽覺得這件事
吃虧很大
就真的被綁住了
好像是她真的

想要保留一點逃走的彈性
有時候講起來會欲言又止
很矛盾又很無奈

19. 那個人

媽媽全身都是病
C肝、交感神經問題
十二指腸潰瘍
開刀割掉半個胃
我們全省到處求醫
有一回經過台中火車站
他們忽然想起了一個人
是大伯的朋友

在他們私奔的事情上
幫了很多忙
那個人在台中火車站開雜貨店
媽媽說我幾乎忘記他了
爸爸說他站在我面前
我也認不出來了

他們覺得很奇怪怎麼忘了他
他們曾經很親密
常常抱著姐姐去台中找他玩

20. 中秋節

中秋節那天

我甚至還在加班
媽媽過世了
晚年她為病痛所苦
我們希望她退休後好好玩樂
享受人生
可是退休讓她
從精明的女強人
變成沒事幹的病人
我們都很後悔

國家圖書館出版品預行編目（CIP）資料

郵政櫃台的秋天 / 許赫著 . -- 初版 . --
新北市 : 斑馬線 , 2018.12
面；　公分

ISBN 978-986-96722-9-0（平裝）

851.486　　107022015

郵政櫃台的秋天

作　　者：許　赫
主　　編：施榮華
封面設計內文插圖：殺蟲劑

發 行 人：張仰賢
社　　長：許　赫
總　　監：林群盛
主　　編：施榮華
出 版 者：斑馬線文庫有限公司
法律顧問：林仟雯律師

贊助單位：國家文化藝術基金會 National Culture and Arts Foundation NCAF

斑馬線文庫
通訊地址：235 新北市中和景平路 268 號七樓之一
連絡電話：0922542983

製版印刷：龍虎電腦排版股份有限公司
出版日期：2018 年 12 月
ISBN：978-986-96722-9-0
定　　價：320 元